書法鑒習必備叢書

# 漢乙瑛碑

江苏美术出版社

图书在版编目（CIP）数据

乙瑛碑 / 方尧明编. -- 南京 : 江苏美术出版社,
2012.12
ISBN 978-7-5344-5105-8

Ⅰ. ①乙… Ⅱ. ①方… Ⅲ. ①隶书 - 碑帖 - 中国 - 东
汉时代 Ⅳ. ①J292.22

中国版本图书馆CIP数据核字(2012)第247009号

出 品 人 周海歌

责任编辑 郑 晓
孟 尧
责任校对 吕猛进
责任监印 朱晓燕

总 策 划 韩建三
执行主编 方尧明

书 名 汉 《乙瑛碑》
出版发行 凤凰出版传媒集团（南京市湖南路1号A楼 邮编：210009）
凤凰出版传媒股份有限公司
江苏美术出版社（南京市中央路165号 邮编：210009）
出版社网址 http://www.jsmscbs.com.cn
经 销 全国新华书店
印 刷 溧阳市金宇包装印刷有限公司
开 本 889 × 1194 1/16
印 张 3
版 次 2013年1月第1版 2013年1月第1次印刷
标准书号 ISBN 978-7-5344-5105-8
定 价 20.00元

营销部电话：025-68155670 68155679 营销部地址：南京市中央路165号
江苏美术出版社图书凡印装错误可向承印厂调换

# 典雅秀逸《乙瑛碑》

《乙瑛碑》全稱《漢魯相乙瑛置百石卒史碑》，亦稱《漢魯相請置百石卒史碑》，又稱《孔和碑》。東漢桓帝永興元年（公元一五三年）六月在山東曲阜孔廟同文門西大成殿東廡刻石立碑。爲東漢著名隸書，碑高三點六米、寬一點二九米，計十八行，滿行爲四十字，無碑額。碑文記載魯相乙瑛在孔廟設置『百石卒史』執掌祭祀的公牘。

衆所周知隸書由篆書發展而來，其發展初期即秦漢之際，乃至西漢，隸書的間架結構尚未成熟，不定型、不停匀、不匀整，往往奇肆譎詭。這正是因爲隸書初創（前所未有），故結體也有審美發展過程。這時期變化多端，卻也別有天趣。到了東漢，逐步趨向規範匀等、平衡的傳統審美主流。乙瑛碑正是從點畫到結體均成熟並日臻完善的階段。故此碑間架結構嚴謹匀適、用筆沉厚雋利，神態安詳中透露出雍容華貴氣度，實開後世典雅、秀逸一路風格的先聲。其點畫方圓兼備、粗細變化。細則如凝鐵鱗動，與同代同置孔廟的《禮器碑》（公元一五六年立）之法度異曲同工；粗則渾穆隱現篆法，尤其燕尾波磔實成唐捺先祖。是故，對後世影響深遠。對當今學隸是爲普受歡迎的範本。

方堯明文

魯相乙瑛碑

匋齋尚書藏

漢魯相乙瑛請置
孔廟百石卒史碑

戊申七月
張祖翼謹題

司徒臣雄司空　臣戒稽首言魯　前相瑛書言詔

書崇聖道勉學

藝孔子作春秋

制孝經刪述五

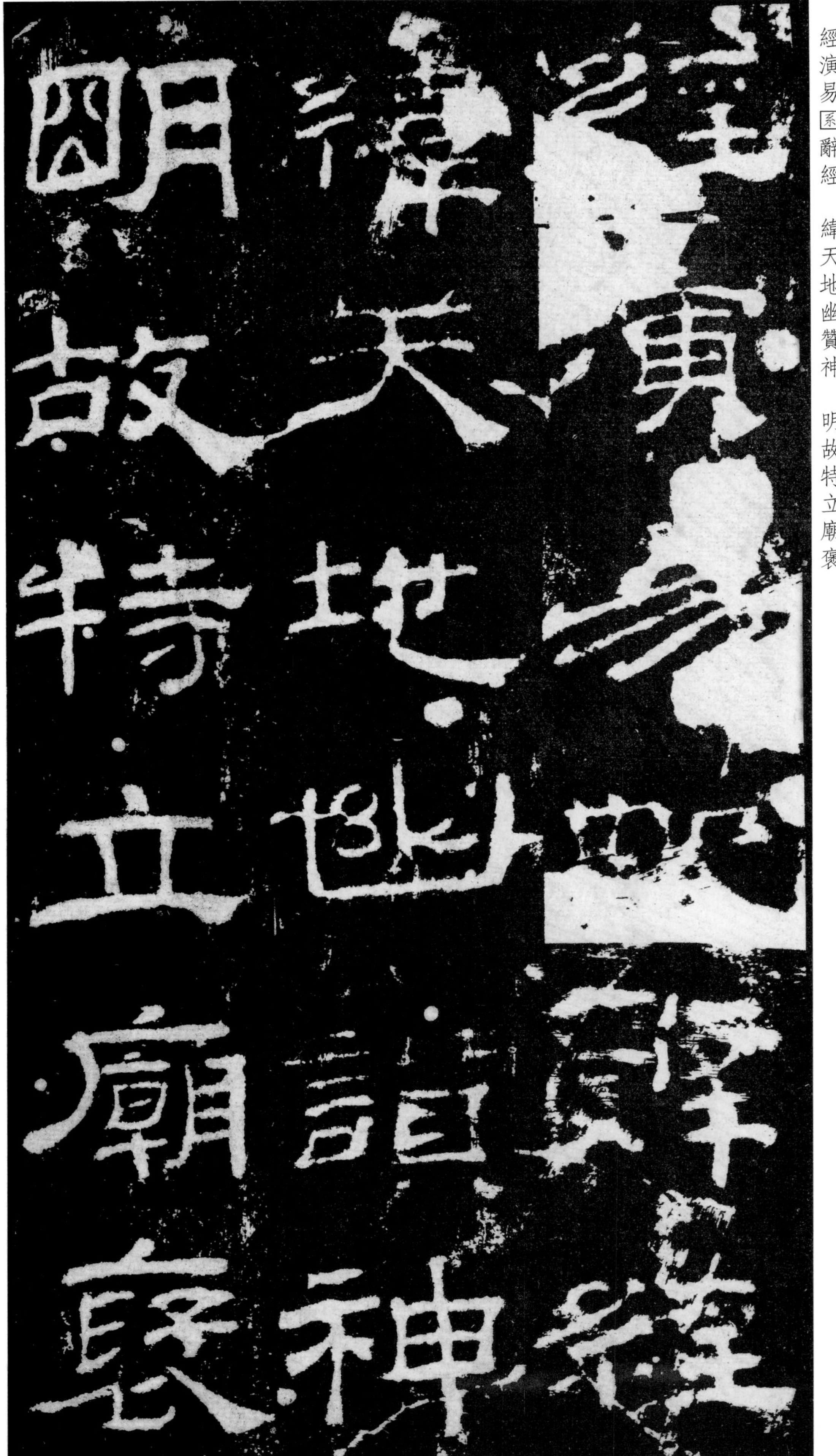

經演易系辭經　緯天地幽贊神　明故特立廟褒

成侯四時來祠 事已即去廟有 禮器無常人掌

領請置百石卒史一人典主守 廟春秋饗禮財

出王家錢給犬 酒直須報謹問 大常祠曹掾馮

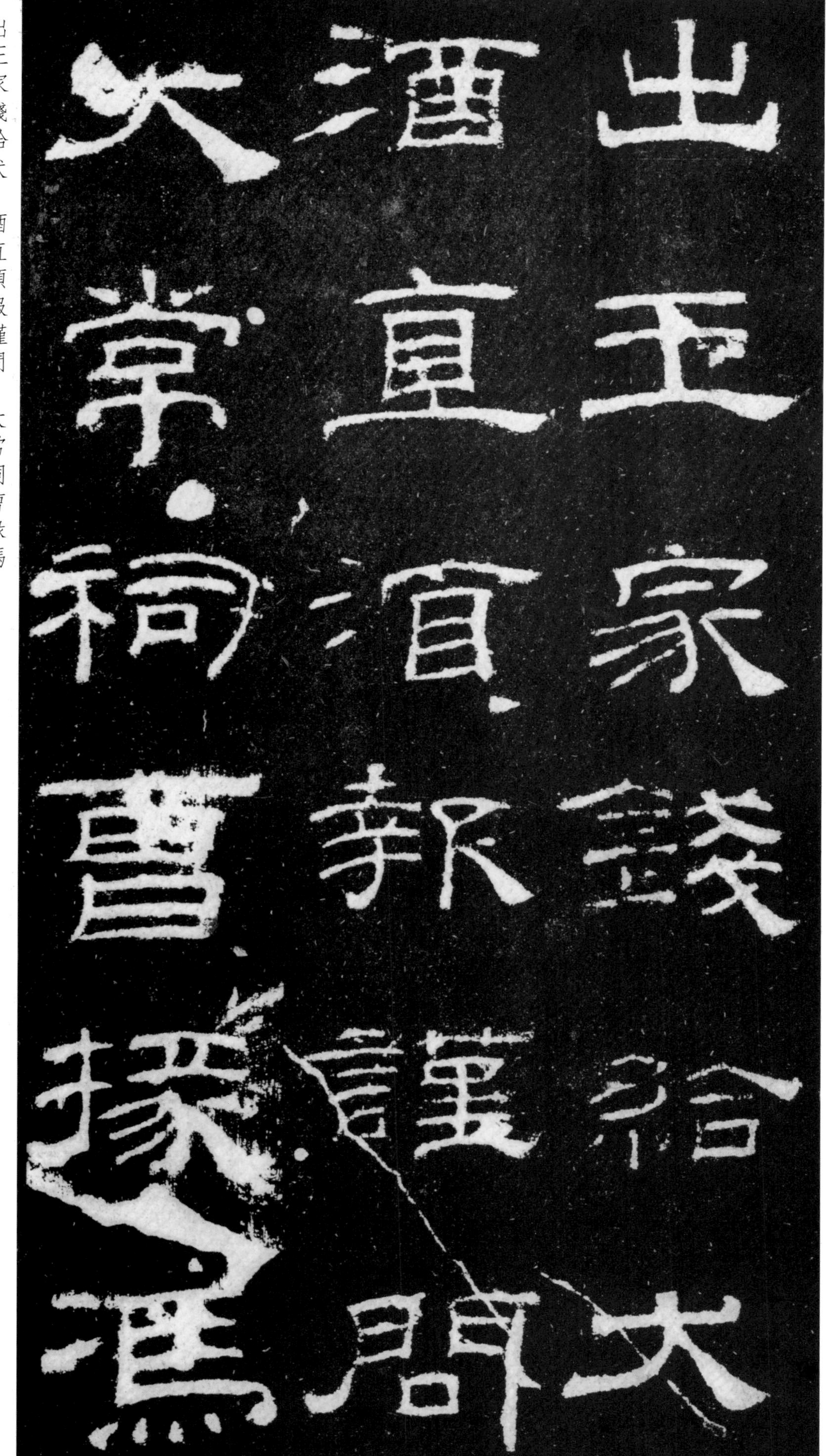

年史郭玄辭對 故事辟雍禮未 行祠先聖師侍

祠者孔子祝令　各一人子孫大　宰大皆備爵大

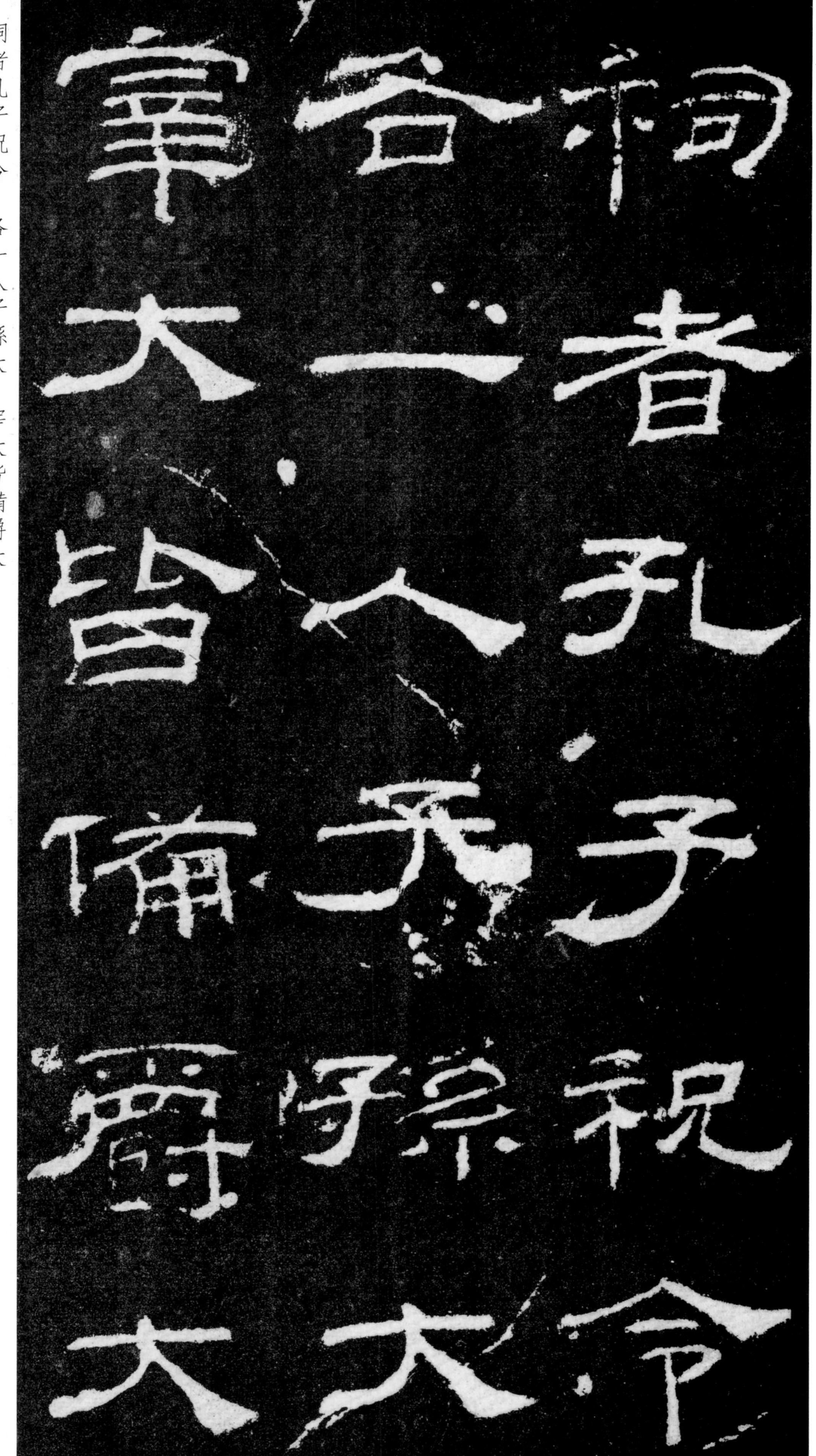

常丞監祠河南　尹給牛羊豕鷄　馬犬各一大司

農給米祠臣愚　以爲如瑛言孔　子大聖則象乾

坤爲漢制作先　世所尊祠用衆　牲長[吏]備[爵]今

欲加寵子孫敬

恭明祀傳于罔

極可許臣請魯

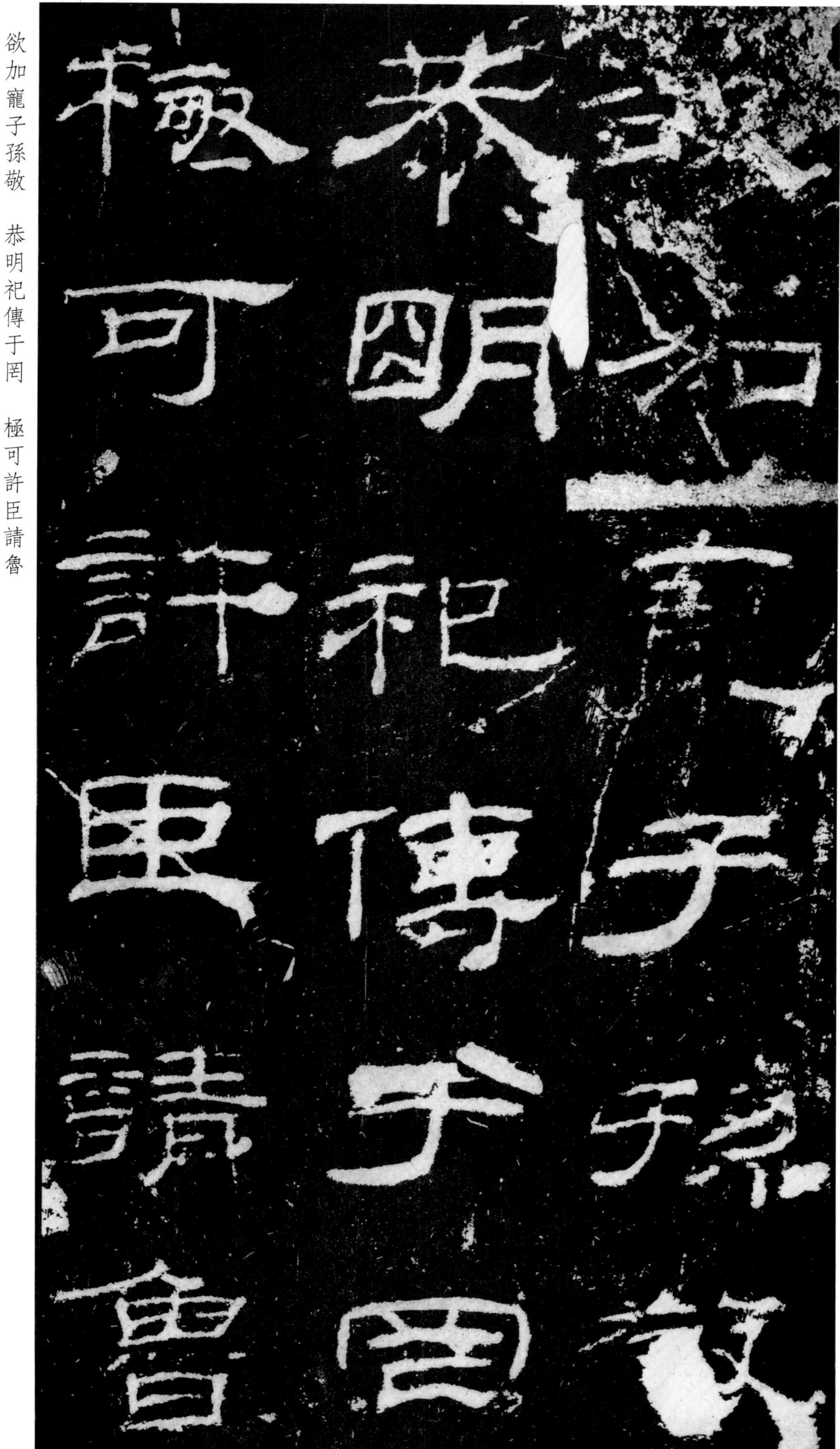

相爲孔子廟置 百石卒史一人 掌領禮器出国

家錢給犬酒直　他如故事臣雄　臣戒愚戇誠惶

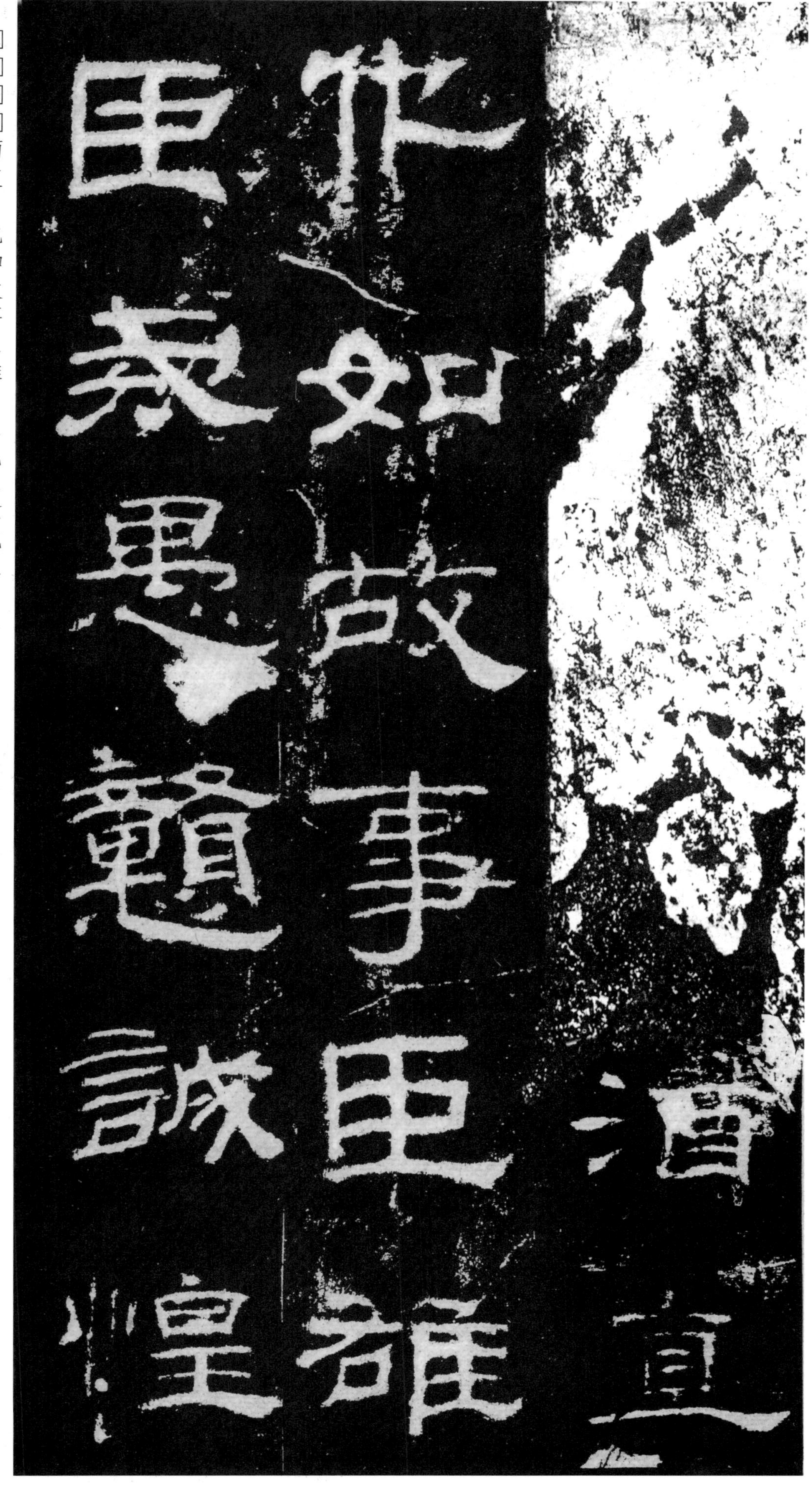

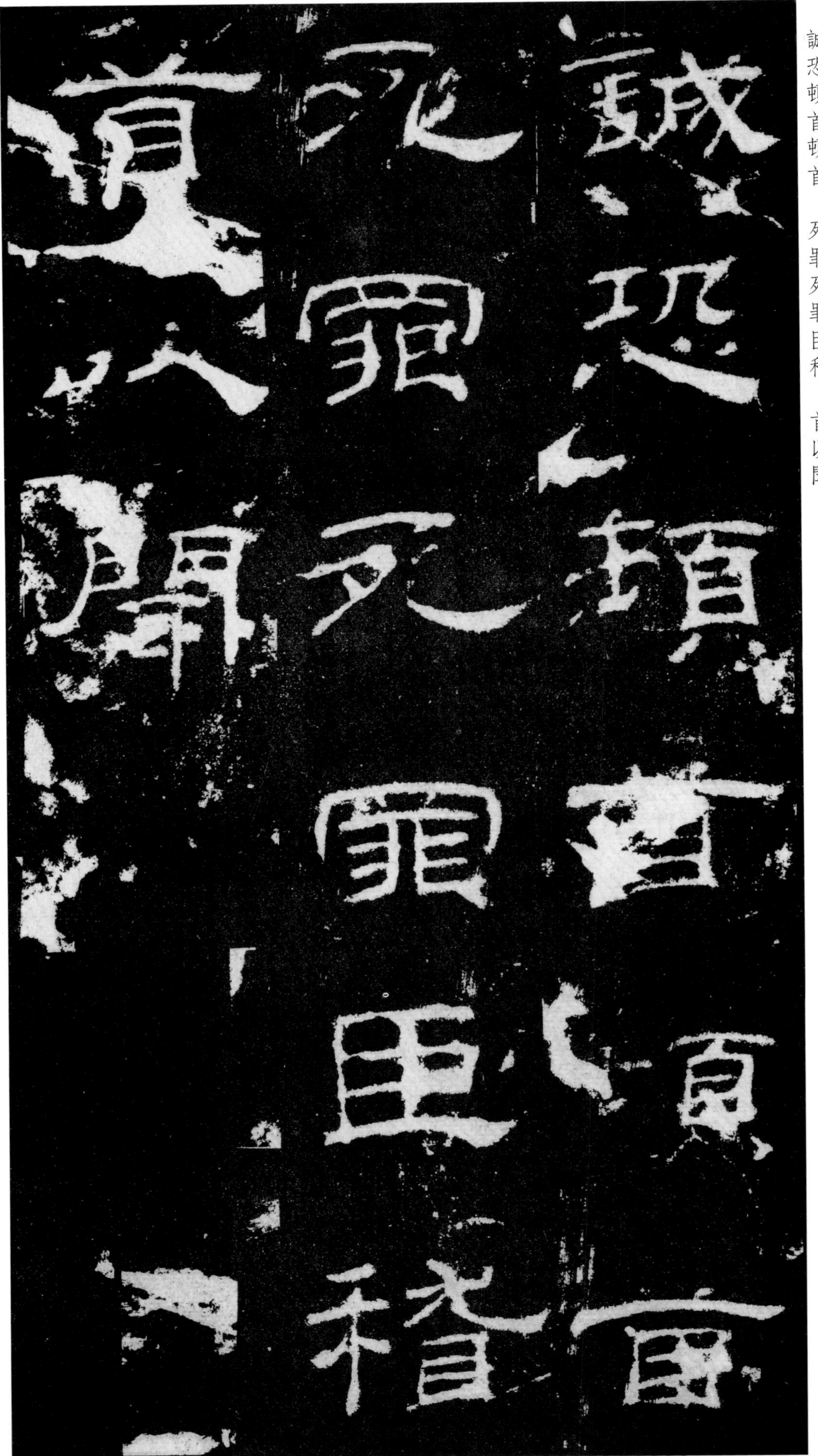

誠恐頓首頓首　死罪死罪臣稽　首以聞

制曰可　無嘉三年三月　廿十日壬寅奏

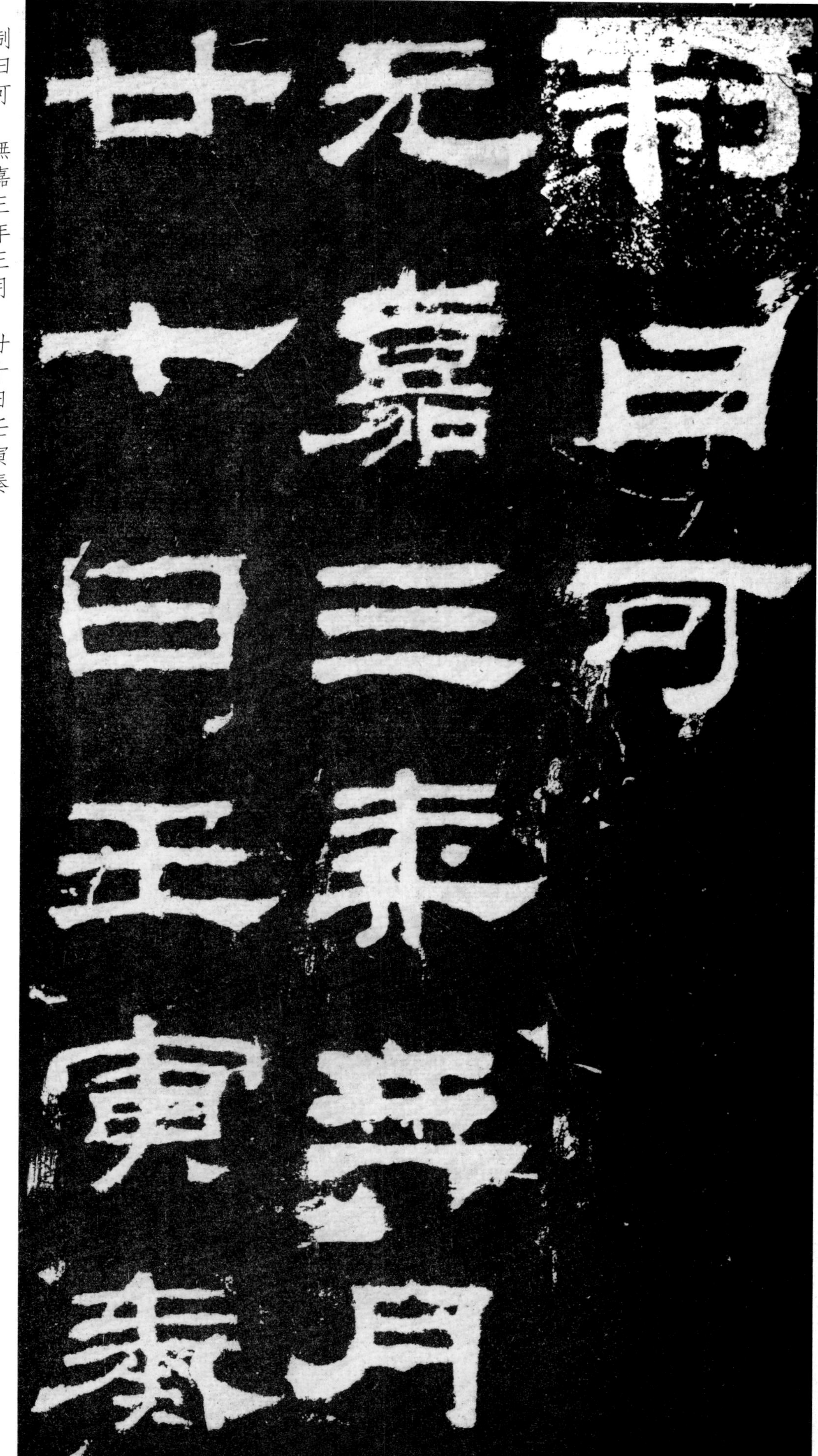

雒陽宫　司徒公河南　吴雄字季高

司空公蜀郡成　都趙國戒字意伯　元嘉三年三月

丙子朔廿七日　壬寅司徒雄司　空戒下魯相承

書從事下當用 者選其年卌以 上經通一藝雜

試通利能奉弘 先聖之禮爲宗 所歸者如詔書

書到言　永興元年六月　甲辰朔十八日

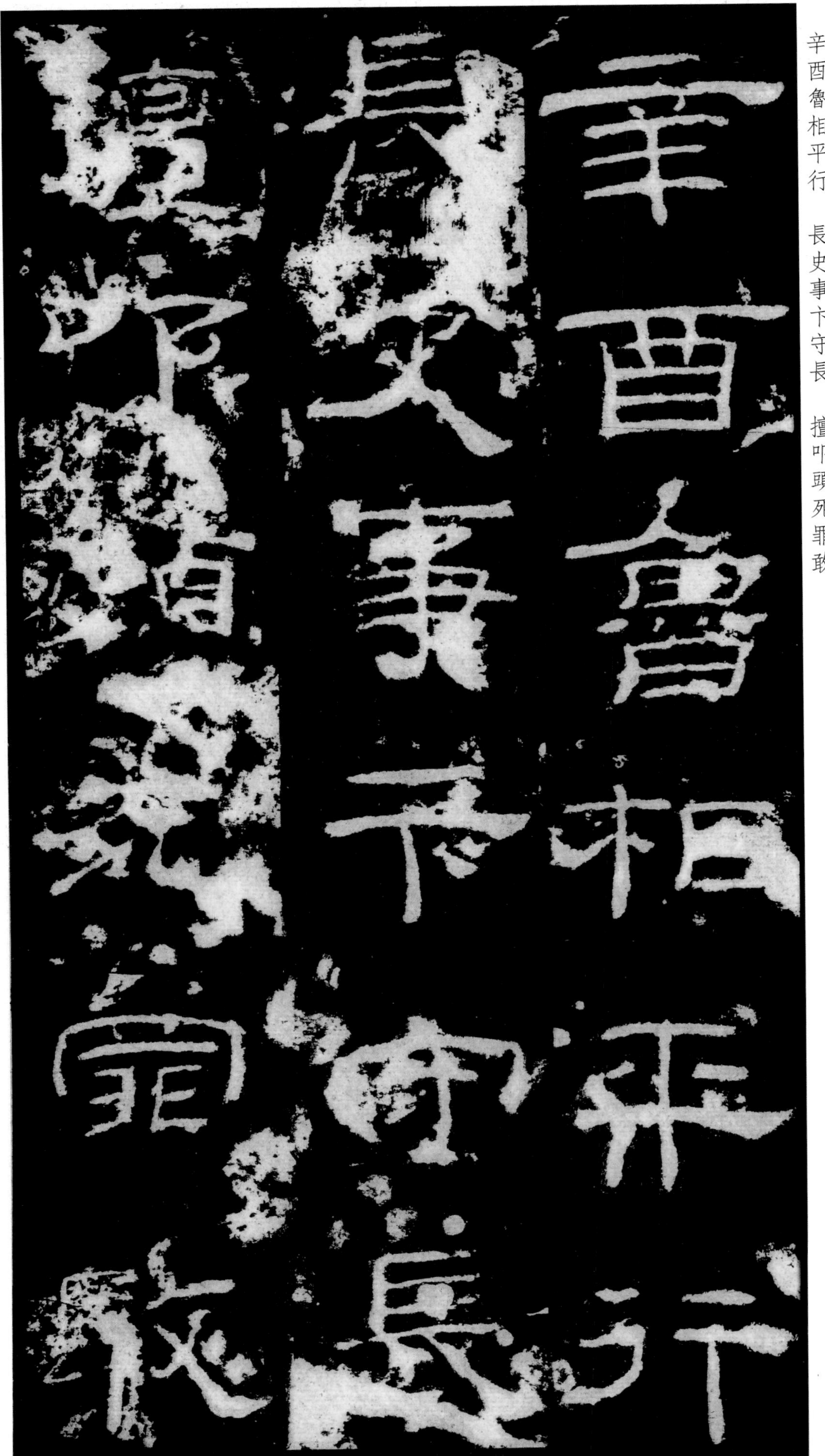

辛酉魯相平行　長史事卞守長　擅叩頭死罪敢

言之

司徒司空府壬　寅詔書爲孔子

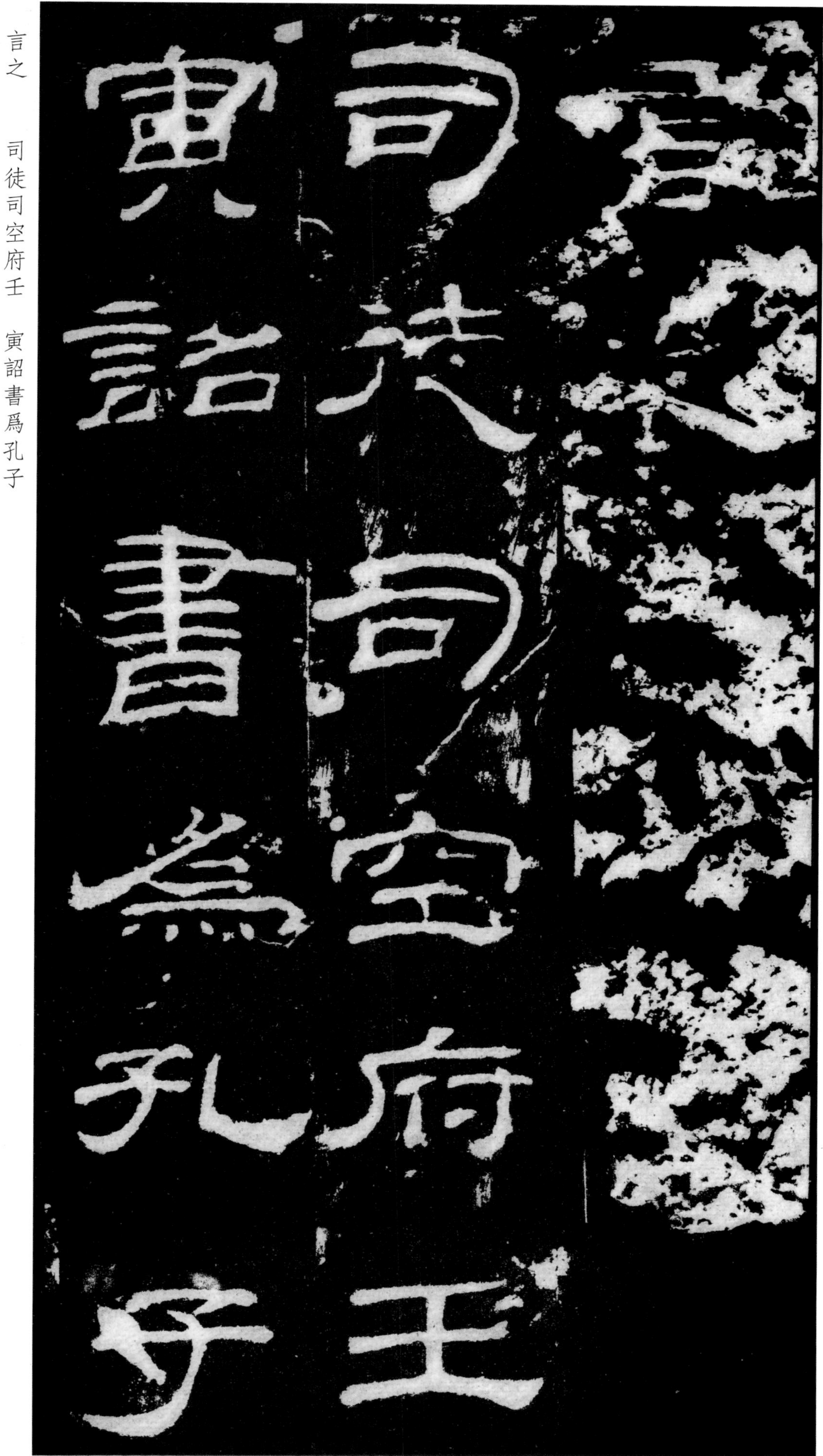

廟置百石卒史　一人掌主禮器　選年册以上經

通一藝雜試能　奉弘先聖之禮　爲宗所歸者平

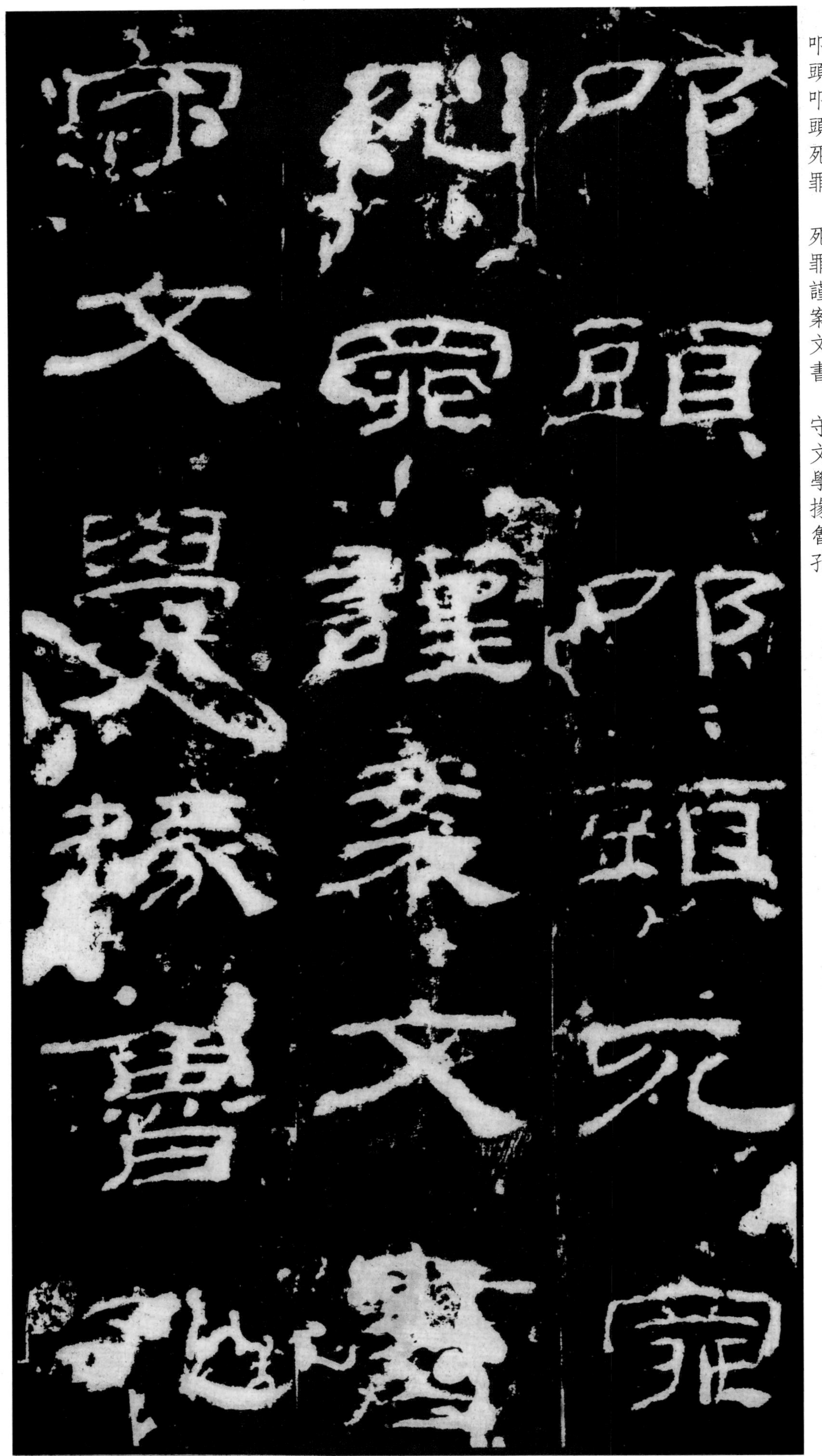

叩頭叩頭死罪　死罪謹案文書　守文學掾魯孔

穌師孔憲户曹 史孔寬等雜試 穌脩春秋嚴氏

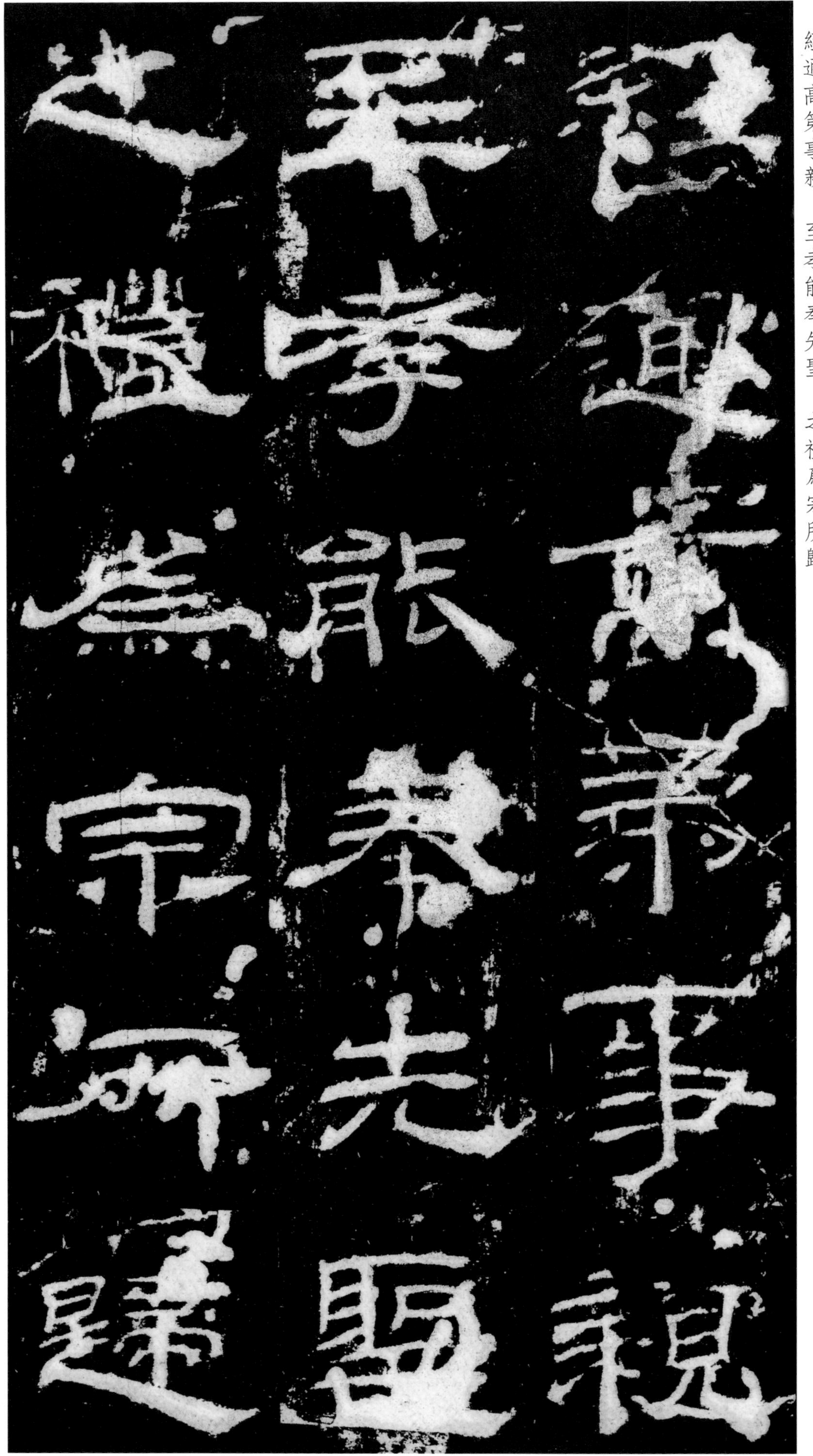

經通高第事親　至孝能奉先聖　之禮爲宗所歸

除穌補名狀如　牒平惶恐叩頭　死罪死罪上

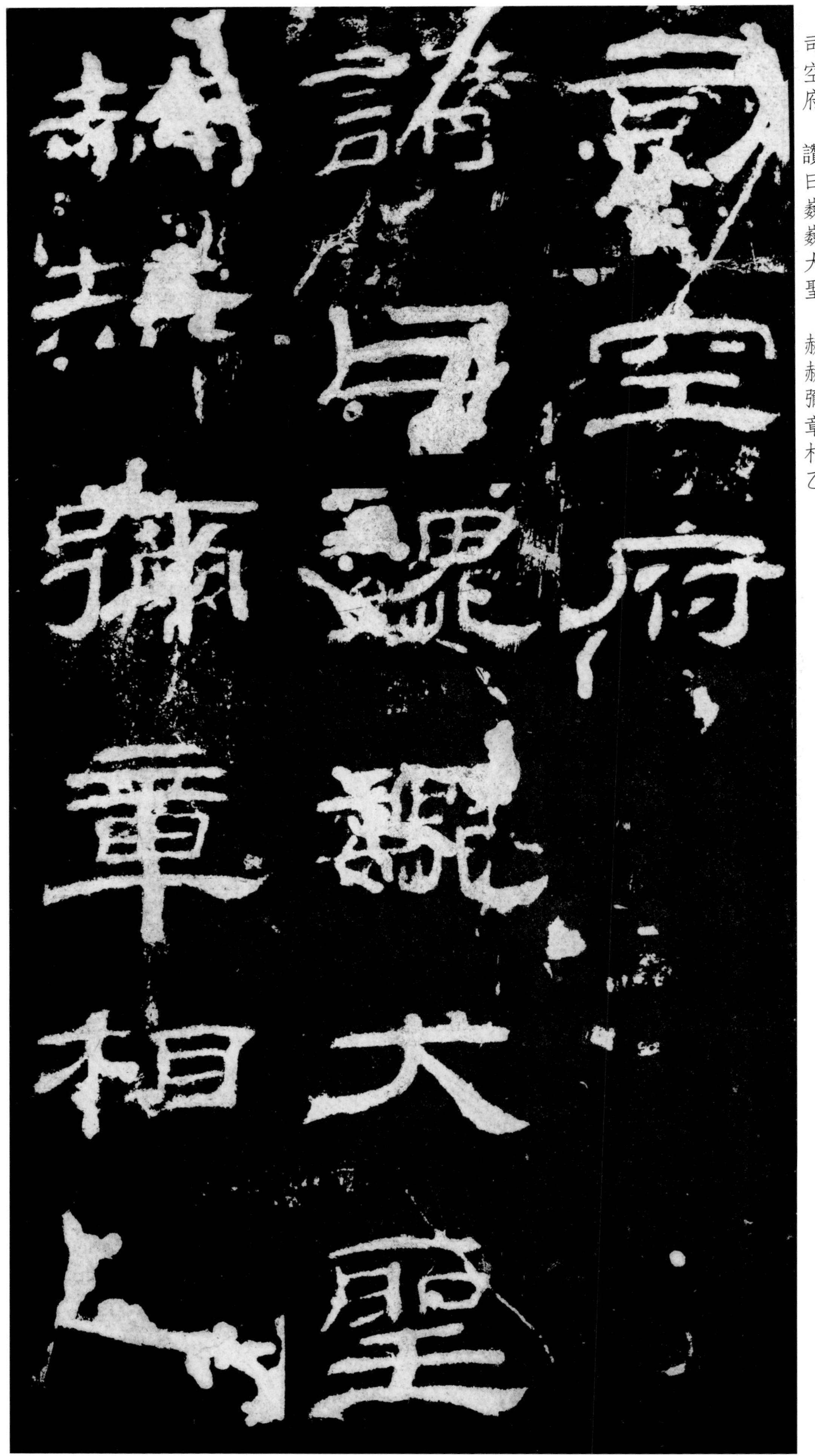

司空府　讚曰巍巍大聖　赫赫彌章相乙

瑛字少卿平原　高唐人令鮑疊　字文公上黨屯

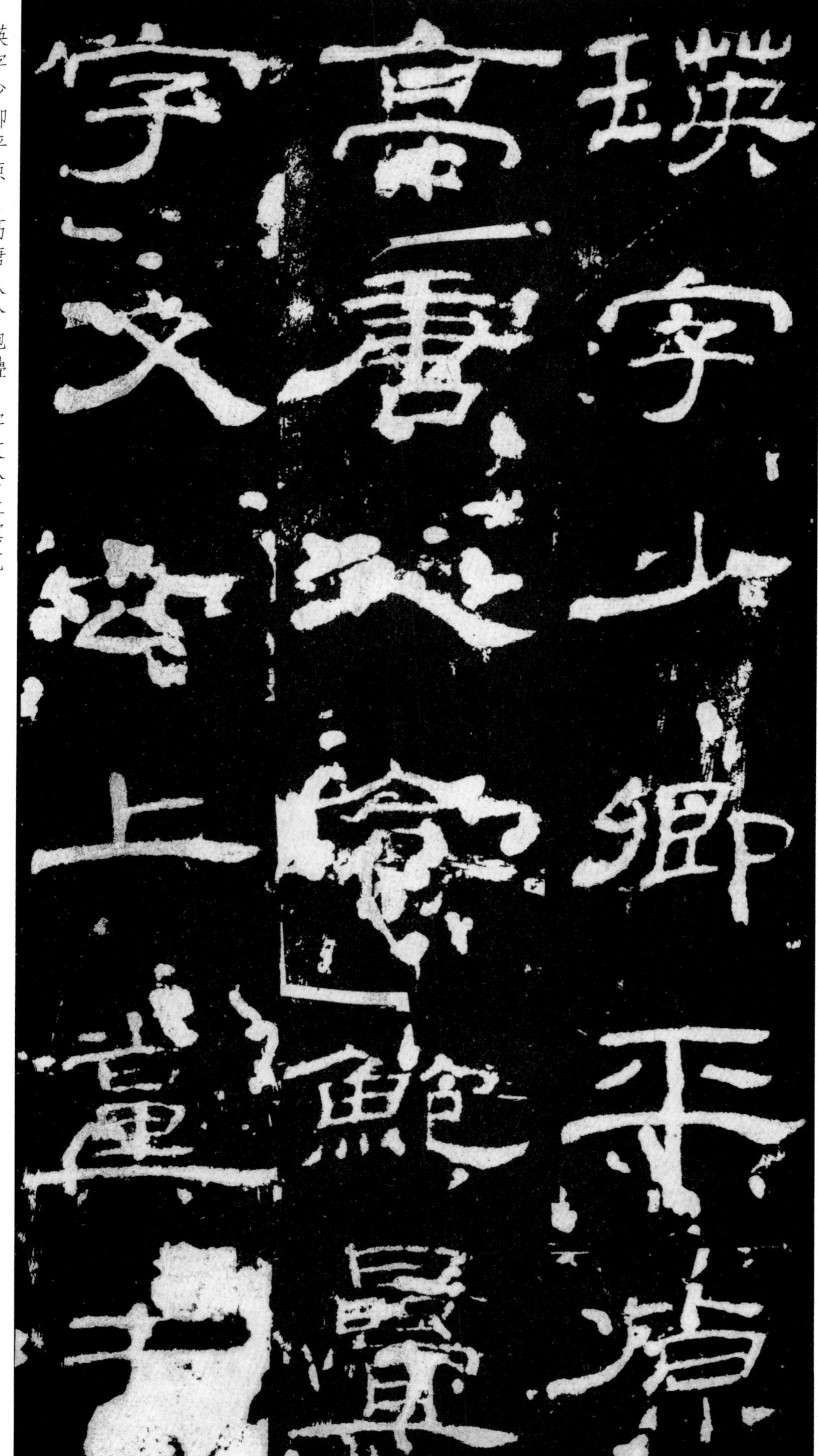

留人政教稽古　若重規圓乙君　察舉守宅除吏

孔子十九世孫　麟廉請置百石　卒史一人鮑君

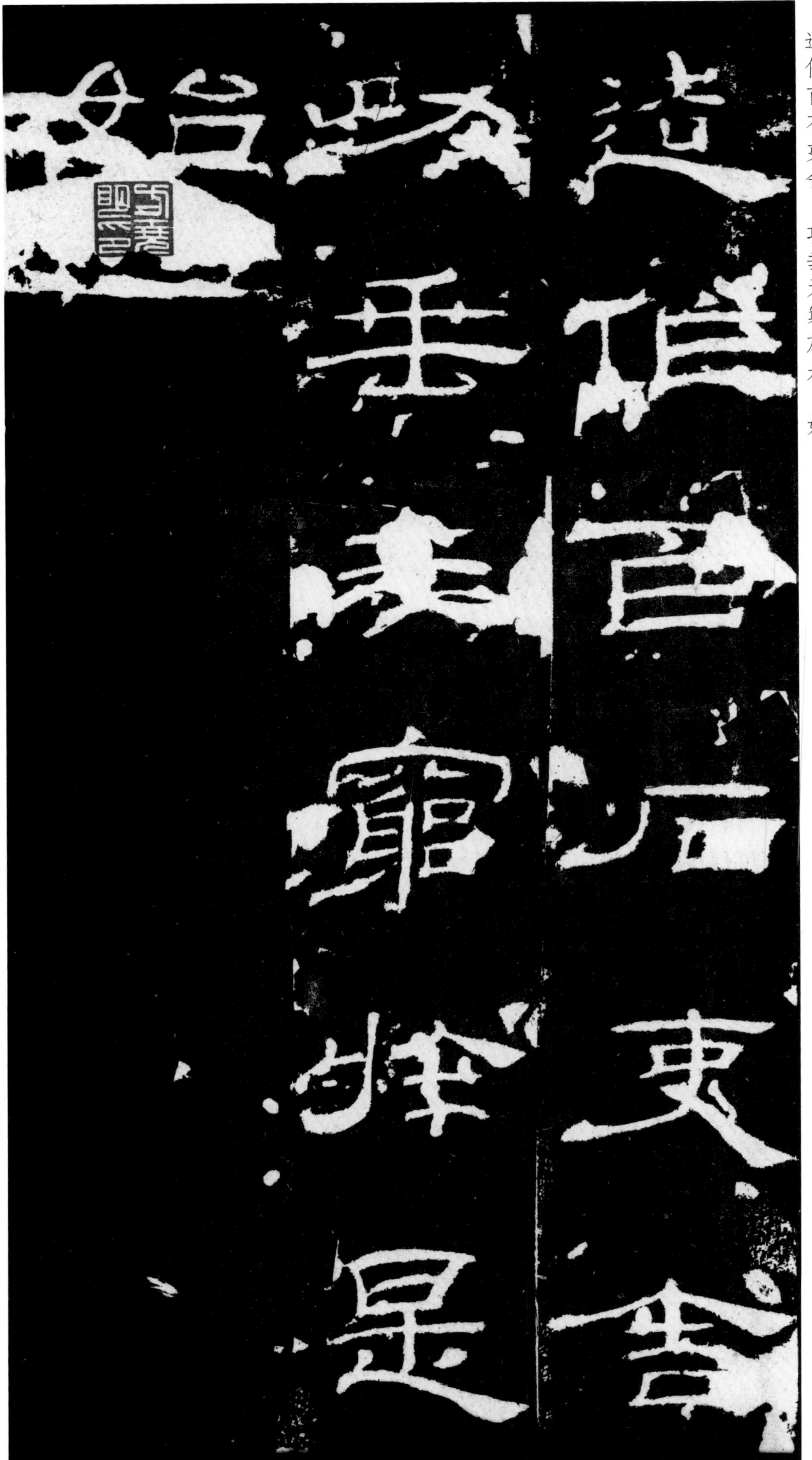

造作百石吏舍　功垂无窮於是　始

乙瑛碑近今拓本得滿此尚精采可觀

乾隆壬子述齋老人灯下記

艷燿瀾觀

寶蘇觀

此碑即刻當時舉孔龢之官牘而係之

以讃同時如循吏韓仁銘皆如此公府文牘刻石肇于秦李斯漢藝文志錄名山奏事文二十篇爲宗古右宋祠廟諸碑用此者尤多宋蘇文忠表忠觀碑尤其顯著者乎

匋齋尚書見示此本墨色濃郁司空公下蜀郡二字明白可見審爲明拓無疑

光緒廿八年十二月二十日褚德儀

此亦莊眉林舊藏極精拓本今歸匋齋尚書清秘者也不但蜀郡字猶存即字口波磔間均鋒鍛如新神韻一絲未走此乃新拓不可以道里計也所以碑刻貴得舊藏者爲此而漢碑尤非舊拓不可覩貴不貲囊金入都市捆載而歸板皆新修然裝以錦綺夾以文蘭亦詡迺列於收藏鑒古之林哉

尚書公出示此刻精拓最夥跋語既窮敢貢狂論以博莞爾一哂也 劒華吳廣霈

此亦明拓本鋒穎畢露殊可寶也碑云出王家錢給犬酒直洪誤爲大字翁氏金石記云是發字之省此太守鑒漢時賜民閒牛酒羊酒史不絕書犬酒亦猶是耳正不必別生異議如潛研堂跋尾云魯相平所上書前稱司徒司空府當時必是故事今不可考考太平御覽職官部

司徒下第二十七條引漢官典職司徒府與蒼龍闕對
廄於尊者不敢稱府云云此書前以司徒司空並稱府字
屬司空下後幾稱司空府或即以此且以書首相長史
並列後幾相一人署名例之或漢時以隸體制雖亦此本
辟字數筆為碑工誤劃亦可惜也拜觀
匋齋尚書所藏第六本謹記

桐城張祖翼讀

戊申六月

光緒二十有七年仲春張之洞觀